KB162124

다시 뵙다

한경순 시집

오비올프레스

시인의 말

여생을 맑고 순하게 살고 싶다

2022년 5월
한경순

다시 뵙다

차 례

시인의 말

1부

4부

해설

1부

산수유꽃 피던 날

세상의 티끌을 모아
까치가 집을 짓고 있다
올해는 저 집에서
새끼를 키우려나 보다

까치는 집을 짓고
시인은
허공에 떠도는 낱말을
모아 시를 짓는다

초암사

가령, 당신이
초암사에 가려고 한다면
늦가을
바람 잔잔히 부는 날
그런 날 가기를

어스름이 밀려올 무렵
깊은 계곡 사이에 자리 잡은
주차장에 차를 세우고
천천히 발걸음을 옮긴다면
기세 좋게 흐르던 물소리가
여리게 졸졸거리고
낙엽 둥둥 떠가는 무리에
붉은 단풍잎도 보이리라

발길이 뜸한 옛길로 들어서면
낙엽이 바스락거리는 소리가
귀를 즐겁게 하리

이윽고 다다른 대적광전

비로자나불에게

합장하고 내려오며

요사채 툇마루를

꼭 보아야 할 게다

지는 해가 어느 봉우리에 걸렸는지

아주 잠깐 툇마루에 비친 햇살

공양주 보살의 환한 얼굴을

아기고양이가 올려다보고 있더라

봄을 먹는 애벌레

절집 마당 붉나무 가지에
매달린 애벌레들
사각거리며 잎을 먹고 있다
내 젊은 날 밥벌이의
고단함에 어깨가 짓눌려
때로는 절집 마당의 애벌레이고
싶었던 적이 있었다
연녹색으로 빛나는 애벌레들이
생과 생 사이를 건너고 있다

다시 뵙다

윤사월 어느 날
부모님의 묘를 종중묘지로
옮기기로 했다
매장묘지를 굳이 옮길 필요가 있을까
의견이 분분했지만
멧돼지들의 극성에
마음이 모아졌다

맑은 봄 무덤가에서
작업이 시작되었는데
개장하는 순간 두려움에
숨이 멎을 것만 같았다
처음과 달리 유골을 보는 순간
마음이 평화로워졌다

　황금빛으로 남은 머리뼈 위로 나무의 잔뿌리가 닿아 있었
다 잘 한 일이라는 안도의 마음이 가득해졌다 수습한 유골을
가슴에 안으니 참 따뜻하다 두 분의 웃는 모습이 떠올랐다

농장에서 만난 체 게바라

해마다 이른 봄이면 농장 일을 지속적으로 도와줄 남자 한
사람을 데려온다 햇볕이 따사롭던 날 인력시장에서 뽑아
온 사람은 말수 적고 눈빛이 선량해 보이는 청년이었다 그
날그날 일의 크기에 따라 더 데려오는 인부들과도 잘 어울
리는 사람 이윽고 알밤이 떨어지는 가을이 되면 아줌마들
이 불려온다 많은 사람들을 위하여 목포에서 갈치 한 상자
를 주문했다

아줌마들은 그 청년을
고시생이라 부르며 애틋해 했다네
알고 보니 사법고시 1차를
두 번이나 통과한 사람이었네
그 가을 박사논문 심사를 기다리던
아들의 좋은 말벗이 되었지
갈치조림으로 점심을 먹고
청정한 하늘을 보며
이야기하는 그들에게
배나무의 첫 열매를 주었네

사각거리는 배 먹는 소리와

소곤대는 이야기 소리가

골짜기에 가득했네

그 해 가을걷이가 끝날 때까지

매일 아침 스쿠터를 털털거리며 오던 사람

서리 하얗게 내린 날 곱은 손 호호 불며

삼생에 걸쳐 볼 수 있는 밤보다

더 많은 밤을 보았노라며 미소 지었네

그는 지금 어디서 무엇을 혁명하고 있을까

황혼이 지네

내 어릴 적 추억이
듬뿍 들어있는 마을은
소양강댐이 생기면서 물속에 잠겼다
그때는 영문도 모른 채
삶의 터전과 이별했다
기억은 물속에 잠기고
저마다 도시로 떠나 새로운 둥지를
만드느라 뒤돌아볼 틈도 없었지
반백년의 세월이 흘러 물 가득 찬
소양호를 바라보니
잔잔한 호수에 잠겨 있는
유년의 추억이 마음 가득하다
출렁이는 물속에 몸 담그면
그 시절로 돌아갈 수 있으려나
먼 옛날의 소녀가
흰머리 바람에 휘날리며
흘러간 시간을 그리워한다
고향 잃은 아픔을 위로하느라
세워놓은 망향탑

그 위에 새겨진 이야기들

가을이 떠나가네

황혼이 지네

사진을 찍다

남편의 여든 번째 생일에
사진 한 장 남기기로 했다
가을에 예약했는데
스튜디오 일정이 빡빡해
한겨울이 되었다
의상과 분장은 직원이 추천했는데
브라운색 롱 원피스, 빨간 뾰족구두
완벽한 메이크업
백발의 머리까지
거울 속에 비친 나를 보니
오!
스타가 된 것 같은 이 기분

귀여운 손녀
젊은 며느리 제치고
오늘의 주인공은
바로

그냥 살지요

바람 불어 낙엽 휘날리고
마음 흔들리는 날
어찌 사나요

구름 가득한 하늘에 눈 쏟아져
마음 묻혀 버린 날
어찌 사나요

햇빛 가득한 봄 꽃잎 분분히 날려
저 혼자 마음 설레는 날
어찌 사나요

천둥 번개 소리 끝없이 퍼붓는
빗속에 마음 쓸려 가버린 날
어찌 사나요

노을 붉게 물들어 출렁이는 바닷가에
밀려왔다 밀려가는 파도처럼
그냥 살지요

기척을 느끼다

.

입춘이 지나고 나니
추위가 좀 누그러졌나?
구름 한 점 없는 하늘
한낮의 햇살이
오솔길을 어루만지고 있다

겨울 숲은 잔가지들로 가득하다
어느 곳에 있는지
보이지도 않는데
새들의 조용한 속삭임이
귓가에 와 닿는다
부지런도 하지
새로운 삶을 위하여
짝을 찾는 소리인 게다

얼굴에 와 닿는 바람 사이로
작은 웅성거림 들린다
산수유가 꽃 몽우리 터트릴

준비를 하는 소리인 게다

새잎이 피어나려고

애쓰는 소리인 게다

새로운 생명을

잉태해보지 않은 이들은

절대 느낄 수 없는

봄이 오는 기적인 거다

난 그럴 자격 있어

창밖에 차가운 바람 불어
앙상한 잔가지들이 떨고 있다
새로운 변종의 바이러스 소식이
몸과 마음을 움츠리게 하지만

햇살 떨어지는 창가에 앉아
이젤을 펴 놓고 그림을 그린다
내 안에 평화가 가득하다
아늑한 카페에 앉아
자작시를 낭송하고
서로의 의견을 나누며
브런치를 즐긴다
살아온 날보다 살아갈 날이
짧은 삶은 이 엄중한 시기에
이래도 되는 걸까?

밤늦게 들어와 주차할 자리
찾아 빙빙 돌고 아침마다

이중주차 된 차를 밀며 일터로 가는
젊은이들을 보면 마음이 짠하다

하지만 젊은이들이여
이해해 주시게
그대들도 먼 후일
이 마음 알게 되리니

꽃들의 요양원

봄이 오면 장터에는
농장에서 잘 가꾼 꽃들이
저마다 예쁜 얼굴을 들고
사람들을 반긴다
하나둘 사 들고 와
실내에서 봄을 즐긴다
한 열흘 남짓 싱싱하게 피어
기쁨을 주다 꽃이 지면
차마 버리지 못하고
커다란 사각화분에 옮겨 심었다
그렇게 한 계절이 지나고 나니
봄의 잔해가 화분에 가득하다
베란다 구석에 자리한 꽃 없는
모습을 보니 마음이 아련하다
가끔 물이야 주겠지만
눈길에서 멀어진 저것들
시들면 종량제 봉투에서
생을 마칠 게다
생명이 있는 것들의 시간이 가엾다

거미의 식탁

거미는 곤충이 아니다 거미강에 속한다고 한다 여린 피부
에 날개도 없고 다리도 두 쌍뿐이어서 세상살이 팍팍 하지
만 거미에겐 거미줄이 있다 거미줄의 성능은 거의 완벽해서
인간들이 모방하여 첨단소재의 기술로 사용하였다 거미줄
을 타고 날기도 한다 이른 새벽에 일어나 거미줄을 치고 기
다린다 지나가던 벌 한 마리가 걸렸다 솜씨 좋게 거미줄로
돌돌 말아놓는다

성경에 이르기를 솔로몬왕의
부귀영화가 한낱 이슬방울보다
헛되다고 하였는데
거미줄 위에 수많은 이슬이 맺혔다
솔로몬왕의 영화보다 찬란한
기미의 아침밥상이다

노루꼬리만큼

흐린 동짓날
팥죽을 쑤면
마음이 밝아질까 하여
새알심을 빚다가 문득
외할머니 생각이 났다
하얀 새알심 그득한
팥죽을 끓이며
동지가 지나면 하루에
해가 노루꼬리만큼씩
길어진다고 했다.
동짓날 팥죽 새알심은
나이 수대로 먹는 것이지
열두어 개를 넣다
예쁜 내 손녀
빨리빨리 커야지 하며
한 국자 듬뿍 더 주셨다
팥죽을 먹으며 노루꼬리에 대해
생각해봤는데 그 길이가

전혀 가늠이 되지 않았었다

동트기 전이 제일 어둡다는데
세상은 지금 가뭇하다
언제 노루꼬리만큼씩이나마
밝아지려나

거꾸로 되었네

시누이가 보낸 택배가 도착했다
열어보니 마량 갯벌을
뻘뻘 기어 다니던 칠게
갯바위에 터 잡아 꽃피운 석화
바다를 쏘다니던 갯장어
오롯이 담겨 나를 보고 있다

남도 사람 만나 핑퐁핑퐁 탁구 치다
정들어 남도 사람 되어버린 시누이
농사의 농자도 몰랐었는데
느타리와 표고를 얼마나 예쁘게
키우던지 일등 농사꾼이 되었다
동네 이장도 하고 농협이사도 한다
농담 삼아 군의원 출마하면
선거운동 해준다며 웃었다

시어머니 살아생전 두 해에 한번쯤
딸 집에 가서서 두어 달 머무셨다

그럴 때면 나는 어머니와 둘이
여섯 시간 족히 걸리는 먼 길을
승용차로 모셔드렸는데 홀로 돌아오는
그 시간이 참 좋았다

옛말에 딸은 예쁜 도둑이라 했다는데
시누이와 나는 거꾸로 되었나 보다

봄을 훔치다

엊그제 봄비 무심히 내리더니 곡우인 오늘 비는 없고 바람
만 어지러이 마음을 흔든다 계절에 뒤처질라 꽃들은 저마
다 서둘러 피네 산책을 하면서 그윽한 꽃향기 한 번도 못
맡았네 모자 눌러쓰고 마스크 쓴 눈만 보이는 이웃들은 누
군지 몰라 인사도 못하고 그저 바삐 걸음만 재촉한다 아무
도 보지 않는 까만 밤 라일락이 만발한 벤치에 홀로 앉아
마스크를 벗었다

11월의 성묘

오십 년 동안 마음 속에서 웅얼거리던 말들이
내 젊은 날 푸른 들판에서 잃어버린 한 짝의
분홍신이 되어 책 속으로 들어왔네

사부곡이 담뿍 담긴 첫 시집을 들고
나뭇잎 서걱거리는 무덤가에 술 한 잔 부어놓고
시 몇 편 읽었는데 생각보다 무덤덤하여라

강기슭 민물매운탕집에 앉아
펄펄 끓는 국수 몇 가닥 뒤적이는데
등 잔뜩 구부린 민물새우 몇 마리

강물 깊숙이 헤엄치며 살던 자유가
있었을 텐데 여기 작은 냄비에 갇혀
마감하는 생을 쳐다보니 눈앞이 흐려지네

내 새끼를 키우려고

산책길 뒷산에 오르니 비바람도 불지 않았는데 도토리나무 가지가 어지럽게 널려 있다 열매 하나 달려 있고 잎이 몇 개 붙어있는 가지가 뚝뚝 부러져 나뒹군다 생각해보니 어느 나비 한 마리가 제 새끼를 위하여 풋도토리에 알을 숨겨놓고 그 나뭇가지를 갉아 땅 위에 떨어뜨린 것이다 도토리 속에 숨어서 한 삶을 살고 그 속에서 깨어나 도토리의 영양으로 애벌레가 되고 나비로 환생하는 것이다 그저 그러려니 하고 지나치기에 너무 서러운 자연의 섭리 아닌가

미물도 그러하거늘 하물며 사람임에야 제 자식만을 위하여 도덕을 잃은 세상의 어미들에게 치를 떨어야 할까? 찬사를 보내야 할까?

늙음의 단상

오랜 시간을 마주 보고 살았어도 시나브로 변해가는 모습
을 느끼지 못했다 어리버리 운전하는 나에게 욕하는 택시
운전사와 한판 붙고 정지선에 기다리다 초록불 보이면 총알
같이 튀어 나가던 사람이 교차로 진행 신호 중 어물쩡 살피
다 빨간불에 잡힌다 차선 바꾸려 머뭇대다 빵빵 소리 듣는
다 고속도로에서 좌측으로 나가라는데 갑자기 좌측이 어느
쪽이지 묻는다 그래도 남편은 암산 잘하고 나는 좌우 구분
은 하니 참 다행이다 비뇨기과에 가니 전립선이 나빠졌단다
화장실도 하룻밤에 서너 번은 간다고 하네 까무륵 잠결에
물 내리는 소리 시간이 얼마나 되었는지 가늠이 안 된다 새
까만 머리카락은 어디로 가고 회색빛 정수리가 훤하다 평생
종잇장 같던 뱃가죽엔 살이 불룩한데 시어머님 살아계셨다
면 무척 좋아하셨을 거다

다시 그곳에 가야하리

가을 겨울 봄 여름 지나
다시 이곳에 왔네
재즈는 여전히 감미롭게 흐르고
지난해에 만나지 못한
주인장이 우릴 반기는데
지적인 배경으로 철학적 사진
한 장 찍어보자고 부산스럽네
바삭한 또띠야에 올려 진
아삭한 채소와 소세지의 조합을
칭찬하며 저마다 그 값을 가늠해 보는데
오천 원이라는 주인장의 말씀에 놀라
더 받아도 되겠노라고 부추기니
여긴 브런치 한 잔 달라고 하는
동네라며 미소 짓는 그 모습이
자못 철학적이었네

2부

바람

끝없이 펼쳐진 보리밭
바람이 사뿐사뿐 지나가는데
춤추는 바람은 보이지 않고
이리저리 흔들리는 푸른 물결들
나도 바람이 되어
한 시절 너울너울 춤을 춘다면
참 행복하겠네

만월

어쩌다 보니 일흔이다 때가 엄중하여 떠들썩하게 잔치는 못
하지만 무심히 지나칠 수 없다며 아들 며느리가 주선한 일이
고성의 르네블르 호텔에서 일박이다 웬 호강인가 겨울 바다
라니 예약할 때와 달리 오미크론의 발현으로 거리두기가 강
화되어 불안하였지만 노쇼를 할 수는 없는 일이다 출발하는
날 눈 소식이 있어 나름 비상사태를 대비한 준비도 하였다 여
분의 물, 초콜릿, 담요 등 다행히 눈발만 내리다 그쳤다 객실
에 들어가니 밀려오는 파도가 해변에 하얗게 부서진다

꽃바구니와 케익
일곱 개의 촛불
어니스트 라페뉴 밀레짐 빈티지
호박색 과일향이
크리스탈 잔에서 찰랑인다
수평선 위로 떠오른 둥근달
사랑하는 가족들과
밝은 미래를 이야기 한다

욕조에 뜨거운 물 가득 채우고

몸을 담그고 밤바다를 본다
하얀 포말이 모래톱과 속삭인다
지나온 날들이 충만하다

만월이다

선한 일

봄비 지나간 뒤

햇살이 눈부신 등산로에

적당히 그을린

적당히 주름진 얼굴의

여인이 무언가를 살피며 오고 있네

그녀는 백팩을 메고

한 손엔 마스크며 종이컵을 든 봉투를

또 다른 손엔 집게를 들고 있네

언제인가도 한번 보았는데

오늘은 한 시간여 동안

세 번이나 마주쳤네

수고하신다는 말 한마디 못한 것이

내내 마음에 걸려 뒤돌아보니

등에 진 백팩에서

아지랑이 같은 온기가 피어올라

봄날의 따사로움에 보태고 있네

멈추어 뒤돌아보니

앞만 보고 살아가다
문득 뒤돌아보니
낮게 깔린 회양목 잎 속에
연두색 꽃이 보였다
단풍나무잎 끝에
눈송이 같은 꽃이 피더니
나비를 닮은 씨앗이 맺혔다
측백나무 잎 사이로
녹색 꽃이 보인다
커다란 은행나무에
작은 부채 같은 암꽃이 보인다
버들강아지 같은 숫꽃이 보인다
그것들은 바람이 맺어준다네

시간의 틈 사이로 보이는
젊은 날의 눈빛이 곱다

그 이름이

나는 젊어 한때
농장을 운영했었는데
열일곱 나이에 갈치잡이 배를
탔었노라고 무용담을 늘어놓는
아우와 함께였다
술만 마시면
십오야 둥근달을 흥얼거리는
낭만이 넘치는 사람이었지만
내 속을 참 많이도 아프게 했다
미니트럭에 농작물을 싣고
가락동 시장에 갈 일이 있었는데
트럭에 가득 싣고 보니
나일론 밧줄로 묶여있는
적재함 위의 농작물들이
위태로워 보였다
불안해하는 나를 보고
히죽이 웃으며 저 매듭은
절대 풀리지 않는다고 했다

배를 타게 되면 맨 처음

매듭짓는 일을 배우는데

선원들의 매듭은 생명줄과 같단다

아우는 더 살아도 좋을

나이에 세상을 버렸다

그 후로 내 마음에

풀리지 않는 매듭이

끊어버릴 수도 없는 매듭이

자리했다

그 이름이 고양이발톱매듭이라니

목어의 노래

먼바다 난파선에서
떨어져 나온 나무토막 하나
얼마나 오래 바다에서 떠돌면
물고기를 닮을까
파도에 휩쓸려 떠다니다
어부의 그물에 걸려
고요한 바닷가에 이르렀다네

해변의 햇살 바람 파도의 손길에
하나의 작은 입자로 돌아가며
지나온 날들 잔잔히 노래하네
그 노래 들어주는
해변에 가득한 생명들

거친 파도 밀려오면 아득한
수평선 저 멀리 또 가야하네

작은 생명들 그리워 다시 돌아오니
텅 빈 바닷가엔

아스라이 들려오는 노래만 남아
나날이 작아지는
목어의 마음을 흔드네

무실동 이야기

도회지와 시골 사이 논 한 자락에 벼가 익어가고 있다 빛바랜 파란 양철지붕 담장 아래 과꽃이 가득 피어 바람에 흔들리고 있다 작은 의자에 앉아 하늘거리는 막대기 두드리며 깨를 털고 있는 호호 할머니 마을에 온통 들깨향이 가득하다 청려장을 두 개나 받으신 머리 하얗고 미소가 고운 백삼 세 할머니 이곳에서 태어나 잠깐 타지에 살았지만 육이오 전쟁 중에 어찌하다 친정살이 남편 일찍 여의고 아들 가슴에 묻고 그래도 산목숨은 살아야 하는지라 칠십을 바라보는 딸과 함께 살고 있다 해 잘 드는 꽃밭에 앉아 머리 빗겨 주는 딸에게 아가 내 아가 착한 아가, 엄마 나도 이제 일흔 이유 네가 백 살이 되어도 나에게 너는 영원한 아가란다

엄마와 딸이 서로 애틋해하며 살고 있다

봄은 오는데

시간이 흐르는 일은
멈출 수 없는 것이어서
바람 잔잔히 불더니
생강나무 꽃이 피었다
그보다 먼저 이름 없는 풀들이
연두색 잎을 피워냈다

굴참나무 아직 묵은 잎 달고
바람에 서걱거리지만
작은 몽우리 내밀고 있는
진달래꽃은 아기의 미소
어린 냄새는 경이로워라

오래된 무덤가에
할미꽃 두어 송이 피어 있는데
홀로 이 길 찾아온
황혼을 걷는 사람
올 수 없는 봄
기다리는 미련

무안의 아침

무작정 떠난 남도 여행
압해대교 지나 천사대교 건너
암태도 일몰을 바라보다
잘 곳이 보이지 않아
퍼플섬 찾는 길은 포기하고
차를 돌렸다

어두운 밤길 뒤따라오는
압해도의 물결과 함께
무안으로 향했다
귓가에 철썩이는 파도 소리
밤은 깊어갔다

눈을 뜨고 창을 여니
하늘엔 새털구름 떠있고
밤새 머물던 압해도의 물결이
돌아가니 갯벌이 드러났다

뽀록뽀록 꼼지락거리는 갯벌에

조그만 생명들 가득하다

발칙한 생각

설거지를 하는데
오른손 엄지가 차갑다
고무장갑에 구멍이 뚫렸나보다
화장실 청소를 하다 보니
또 오른손에 물이 들어온다
청소용 고무장갑도
오른쪽이 구멍 났다

완벽한 왼손잡이는 아니지만
그래도 왼손을 쓰는 편인데도
매번 오른쪽이 먼저 뚫어진다
대형마트에서 오른쪽 장갑만
살 수도 있다는 말은 들었지만
몇 번 찾다가 허탕을 치고서
단념했다

나에게 후생이 있다면
왼손이 섬세한 남자를 만나

구멍 뚫린 고무장갑 바꿔 쓰면서
설거지 청소 나누어 하며
한 세상 살아보는 것도
참 좋으리

산책

벚꽃 피고 지고
조팝꽃 피고
라일락 향기에 취하고
이팝꽃 피고
애기사과꽃 눈부시고
장미꽃 피더니 봄이
숨 가쁘게 지나간다

길모퉁이 미용실
작은 꽃밭에 여름이 자라고 있다
봉선화 채송화 금송화 나팔꽃 과꽃

보글보글 단장하고 나오는
백발의 할머니처럼
한 여름의 뜨거운 햇빛 아래

피고 지고 또 피며

이슬

한여름 밤 은하에서
견우와 직녀가 만난다네
그날은 지상의 까치들이
모두 하늘로 올라가
다리를 놓아준다지
그네들은 일 년에
한 번의 만남으로
그리움을 달랜다
두 별의 애틋한 사랑 이야기는
밤하늘에 가득한데
그들이 헤어질 때
별들이 흘려준 눈물이
지상으로 내려와
풀잎에 오롯이 맺혔다

봄날은 가네

잔잔한 수면 위에 드리운
연둣빛 산은 그 깊이를
헤아릴 수 없네
여울져 흐르는 물소리는
가슴 깊이 담아 두었던
그리움을 불러낸다
강 저편 철새들은
한가롭게 물 위를
떠다니네

애기똥풀꽃
가득한 벌판에 앉아
마음의 타래를 올올이 풀어
봄의 뒤안길로
민들레 홀씨에
실어 보낸다

완충녹지에서

안전조끼를 입은 어르신들이 집게를 들고 나무 그늘에 앉아 쉬고 있네 종량제 봉투에는 젊은이들이 먹고 버린 아이스커피 종이컵 가득하네 독거의 그늘에서 불려나와 관계의 경계에 앉아 숨 가쁘게 돌아가는 세상을 아련한 눈빛으로 바라보네 근로복지 덕에 쥐어진 돈을 들고 다시 고독 속으로 돌아가네 해가 저물고 있네

시간을 굽다

인고의 시간을 거쳐

모습을 바꾼 백토

다시 지상에 나와

사람의 손길을 받아

물을 만나고

유약을 만나고

불의 단련을 받으면

이윽고 탄생하는 도자기

세상의 아름다운 것은

모두 담을 수 있어

내 평생 살아 온

시간을 굽는다면

쟁쟁한 소리 내는 그릇 하나

빚어낼 수 있을까

물레에 마음을 걸어본다

봄바람

햇살 그윽한 봄날
엄마와 함께 시소에 앉은
아이의 환한 미소
바람 한 점 불어와
놀이터에 머문다
얼굴 위로 휘날리는
깃털 같은 머리카락
여린 손 휘젓던 아이의 외침

"바람 너어"
"바아람 너"

건너편 벤치에 앉은
할머니의 마음까지
간지럽힌다

3부

봄비

비가 내립니다
그대 빗속을 걸어보셔요
흠뻑 비를 맞으며
벚나무 아래 벤치에 앉아보셔요
아마
벚꽃 팡팡 꽃몽우리 터트릴 때
그대 얼굴 위에도 꽃이 필 거여요
아주
환하게

나는 가끔 혼자 찔끔거린다

아마, 태어날 때의 울음은
찔끔이 아니었겠지만
살아오며 허구한 날
찔끔거릴 일도 많았다
어린 날 일 없이 담벼락에 기대어
서산머리 노을을 보며
괜히 서러워
찔끔
자매들과 나란히 누운
창문 밖으로 어스름한 달빛
비치면 또
찔끔
눈이 시리도록 푸른 하늘을 보아도
찔끔
수없이 찔끔거리며 살아 온 날들
이젠 기뻐도
찔끔
아니, 아무렇지 않아도

찔끔

지나고 보니 살아 온 날이 온통

찔끔

산수유 피는 봄

지난봄에 피어났던

산수유 꽃이 열매가 되기까지

참 많은 시간을 살았다

잎사귀 녹일 듯한

햇살도 견디어 내고

버석거리는 잎과 이별 할 때에도

한 방울의 눈물도 없이 보내주었다

눈 내리는 겨울밤에도

빨갛게 매달려

찬란한 삶 이어 가는데

한없이 더디게 겨울이 가더니

다시 꽃눈은 팡 팡 터지는데

차마 가지 못하고

한 가지에 매달려

어우러지는 그 모습

보기에 좋았더라

나 어린 손주와 함께

기타치고 춤추며 살아도 좋으리

생명의 소리

러시아 메트로폴 호텔의 스위트룸에서 살던 로스토프 백작
이 볼세비키 혁명 때 「그것은 지금 어디 있는가」라는 시 한
편 때문에 6층 하녀들 방으로 옮겨져 평생 연금된 상태로
살게 되었다 백작은 죽은 여동생 옐레나의 10주기에 그녀
의 초상화와 작별하고 아끼던 와인을 한 잔 마시고 생을 마
감하려고 옥상의 난간에 한 발을 올려놓았을 때, 어디서인
가 잉잉 거리는 소리에 잠시 멈추었다 그 소리는 고향 니즈
니노브고로드의 사과나무에서 꿀을 모아가지고 150km를
날아온 호텔옥상에 사는 꿀벌들의 웅성거림

그 작은 생명체의 삶에 경의를 보내며 새로운 삶을 시작했
다 자신의 대부가 일러준 환경을 지배하지 않으면 환경에 지
배당할 수밖에 없다는 말을 가슴에 새기고 살아낸 32년

구시대의 상징이던 콧수염을 자르고 웨이터로 다시 태어나
볼세비키들의 시중을 들었다 잘라버린 콧수염의 행방을 묻
는 노란색을 좋아하는 어린친구 리나 그 소녀가 자라서 소
피아를 낳고 혁명의 완성을 위하여 집단농장으로 떠나며 맡
긴 소피아를 딸처럼 키우며 살아낸 시간들 주어진 운명에
순응하는 로스토프
피아노 연주를 잘하는 소피아를 볼세비키들이 모스크바에
서 960킬로미터 떨어진 스탈린그라드의 청년오케스트라단
으로 보내려 하자 서방과의 문화교류 프로그램인 프랑스 연
주를 기회로 소피아를 망명시키고

백작은 사과나무 가득한 니즈니노브고로드의 티히차스로
돌아갔다

*티히차스 - 조용한 시간이라는 뜻. 문제의 시를 쓴 방

여름이 가고 있네

마을 입구에 코스모스가
가득 피어 하늘거린다
논에는 벼가 고개를 숙이고 있는데
피는 한 뼘 위에 건재하다
길가에 벚나무는 어느새
불그레한 잎을 바람에
날리고 있다

산 그림자 속 물오리와
섬강은 조용히 흐른다

강 건너 나무 위엔
먼 곳에서 날아온
가시박 덩굴이
터 잡아 무성하다

가끔
타닥타닥 소리를 내며

자전거가 지나가는
석지마을

수채화 그리기

산다는 것은 한 장의
수채화를 그리는 것
하얀 종이 위에 밑그림을 그리고
물을 흠뻑 적신다

삶은 비 오는 날 지나 움트는
새싹 같은 것이어서
종이 위에 물을 뿌리고 또 뿌린다
붓에 물감 듬뿍 묻혀
종이 위에 그려 보라
아스라이 번져가는 색들의 향연

밝은 곳은 더 밝게 더 하얗게
밝은 날 지나면 어둠이 몰려오리라
모든 색이 뭉쳐져
모든 물체가 혼합되어
어둡고 어둡게 절망의 수렁으로
빠지는 날도 있으리

이윽고
어두운 길 빠져나오면
서서히 엷게 빛나는 반사광
세상 모든 색들의 혼합체

눈물겨운 생의 모든 것들
한 줄기 보랏빛 그림자로
완성되는 수채화
내 생의 반사광은 무슨 색으로 비칠까

봄이 오는 길목

외로운 생강나무
꺾어진 가지도
꽃을 피우려고
혼신의 힘을 다해
몽우리를 키워보는데
바람 불고 눈 내리고
헐벗은 몸으로
때를 기다린다

참새 서너 마리
종종거리며 먹이를 찾고
산비둘기 서성이는데
떡갈나무에 매달린 잎들은
푸른 기억을 잊은
그림자인가

봄을 기다리는 마음이
바람에 흔들리고 있다

시간은 공간을 지난다

칠천팔백 광년을 달려와 이제 막, 지구 앞에 도달했다는 영
원한 시간 속 암흑의 성운이 검푸른 빛으로 반짝인다 성단의
블랙홀 무수한 별들의 빛 우주의 끝은 어디일까?
어렸을 적 차가운 겨울 밤하늘의 별을 보는 일은 엄숙함과
함께 즐거움을 주었다 홀로 언덕길에서 올려다보던 밤하늘
이 마치 눈앞에 있는듯하다 빛의 속도로 내게 다가온 저 별
들의 시간을 헤아릴 수 없다 그 옛날 밤하늘을 향하여 보낸
내 눈빛은 지금 어디쯤 가고 있을까? 먼 후일 그 빛을 알아볼
수 있는 생명체가 있다면 빛의 시간을 생각해 볼 것인지

영원에서 영원으로 흐르는 시간 속 찰라 우리의 삶이 가없다

어떤 풍경

먼 옛날에
로마의 황제가 머물며
제국을 통치하였다는
하얀 집들이
인상적인 섬

이글거리는 태양 아래
쪽빛바다 넘실거린다
끝없이 펼쳐진
모래 위의 청춘남녀
열정적으로 키스하는 모습이
풀빛 애벌레처럼 보였다

그 순간이 기억에 남아
나뭇잎에 매달려
서로의 몸을 보듬고 있는
애벌레들을 어쩌다보면

그날의

카프리섬이 생각난다

시간을 접다

느닷없이 찾아온 불청객

모든 시간이 정지된 듯하다

처음엔 그저 불편하기만 하더니

빠르게 늘어나는 아픈 사람들

마음이 서늘하다

공연히 집안 이곳저곳

쓸고 닦고 버리고

몇 날을 보내고 나니

꽃 소식이 한창이다

이 난리에도 피어나다니

뉴스를 들으며 허전한 손 둘 곳 찾다

아이가 남기고 간 분홍색

종이학에 눈길이 멈췄다

색종이 한 장으로 열여섯 마리의

학을 접을 수 있다

종이만 보면 잘라서 크게

때로는 아주 작게 학을 접는다

시간을 접는다

코로나 19가 끝나는 날
종이학을 날려 보내고
평범한 일상을 찾으리라

삶이 지나는 길

당신이 나폴리와 카프리섬 중
한 곳만 보아야 한다면
어느 곳을 선택할지
알 수 없지만
나는 카프리섬을 선택했다

푸른 물결 부딪치는 언덕
하얀 집들이 모여 있는
오래된 골목길
수많은 여행자들의
흔적을 따라 걷고 싶었다

쏘렌토만이 보이는 레스토랑에서
구레나룻 가득한 웨이터의
'돌아오라 쏘렌토'를 들으며
파스타를 먹었다

아주 잠깐 쏘렌토 역에
머문 나

푸른빛 머플러를 목에 두르고
저 멀리 보이는 나폴리를 일별했다

그날의 선택은 내 마음속
깊은 곳에 남아 가끔
나를 쏘렌토 역에
내려놓는다

그림 속에서

먹히는 동물과
먹어야 하는 동물이
공존하는 아프리카 초원에
평화가 가득하다

자연은
포식자에게도
얼룩말에게도
보호색을 주었다
먹고 먹힐 때에는
팽팽하게 긴장하지만
그날의 희생물이 정해지면
얼룩말들은
무리의 보호색 속에
유유히 풀을 뜯고
초원의 포식자는
휴식을 취한다

한 장의 그림 속에

표범과 방울뱀과
얼룩말이 어우러져 웃고 있다

동물들은 살아갈 수 있을 만큼만 먹는 게다

업데이트

나는 오래된 노트북을 가지고 있다. 검색이나 쇼핑은 스마트폰을 이용하고 노트북은 주로 글 쓰는 일에만 사용하니 그 쓰임이 제한적이다. 업데이트가 필요 없는 상황인데 노트북만 열면 업데이트하라는 창이 뜬다. 새로운 환경이 부담스러워 미루기만 했는데 윈도우 사용 날짜가 임박했다는 메시지에 놀라 실행을 눌렀다. 저 혼자 꺼지고 켜지기를 반복하며 진지한 작업을 한다.

업데이트 전성시대이다. 포털사이트는 시시각각 뉴스를 업데이트 해준다. 모든 정보는 업데이트되고 옛 정보는 저 뒤로 몰려 우주의 한 공간을 차지하고 있을 터. 사람이 사는 일도 그래서 살아가는 나날 자신을 업데이트하기 위하여 책을 읽고 지식을 쌓는다.

외출에서 돌아와 접속하니 모든 상황이 끝나고 새로운 윈도우창이 열려 있었다. 얼마나 편리하게 되었을까하는 마음에 내 컴퓨터에 들어가 보려고 하니 도무지 방법이 없다.

새로운 버전의 내 컴퓨터에 들어갈 길이 없었다. 몇 시간을
이리저리 헤매다 전문가를 찾아갔다.

삶을 업데이트 하는 것에 대해 생각해봤다. 머릿속에 너무
많은 정보를 집어넣다 방향을 잃으면 나를 무엇으로 찾을
까? 누구에게 가야 하나.

석양

일 포스티노에서 우편배달부 마리오는 고국으로 돌아간 네루다에게 보내주려고 작은 섬의 소리를 녹음했다 큰 파도소리, 절벽에 부딪치는 바람소리, 덤불에 이는 바람소리, 작은 파도소리, 바람에 흔들리는 들꽃의 속삭임 소리를 녹음하는 대목에서 바람소리 들리는 듯 하여 창밖을 바라보니 곱게 물들기 시작한 나뭇잎 위로 한 줄기 햇살이 떨어지고 있다 작은 바람 일렁이니 나뭇잎 위에 출렁이는 빛의 어울림 이것은 소리로 표현할 수 없는 것

　아, 나 저 나무이고 싶다 가을볕이 내려앉은 회색 머리 위로 바람 잔잔히 날리는 것을 보아주는 이 있다면 지나온 시간이 아쉽지 않으리

아이가 남기고 간 것

아이가 할미집에 놀러왔다네
나쁜 감기 무서워 나들이도 못하고
집안에 갇혀 지내며
온갖 놀이 생각해 내다
꽃씨를 심자고 하네
지난겨울 호박죽 끓여 먹고
남겨둔 호박씨 세 알을
햇볕 잘 들어오는 베란다 앉아
화분에 심었다네
물주고 들여다보던 아이는 가고
바이러스 소식은 여전한데
싹을 틔우더니 자라기 시작하네

물만 먹고도 햇볕을 찾아
사방으로 뻗어가는
덩굴손이 어여쁘네

연결되다

고희를 넘기는 나이가 되면
사는 것도 밋밋해져서
하루종일 거실을 가운데 두고
서재는 데스크탑을
작은방은 노트북을
각자의 친구로 삼아 시간을 보낸다

노트북에 시 한 편 써서
인쇄명령을 내리니 데스크탑 옆에 있던
프린터가 차르르 차르르
종이를 쏟아낸다
남편이 화들짝 나를 부른다

응, 그거 와이파이

일요일이면 정해진 시간에
아이들과 화상통화로 아쉬움을 달랜다
가지 않아도 사는 모습 생생히
볼 수 있는 게 어딘가

공수래공수거라지만
세상 떠나는 날 성능 좋은
스마트폰 하나는 가지고 가야겠다

행복이라는 말

오월의 어느 토요일 아침 깊숙이 파고든 햇살이 눈 감은 얼굴 위를 퍼져오는 갓 지은 밥 냄새가 방안 가득 코끝을 간지럽힌다 일어나자 일어나 난 이제 완벽한 스위트홈을 이루었네

공부하느라 집 떠나 살다 꽤 늦은 나이에 결혼한 아들에게 문자가 왔다 뜬금없이 완벽이라니 잠시 생각해보니 내게 손주가 생겼다는 말

그날이 왔다 강보에 싸인 아기가 초롱초롱한 눈으로 죽 둘러선 가족들을 쳐다본다 새 생명의 찬란한 탄생이다 별이라는 태명을 뒤로하고 세라라는 이름을 얻었다 일하는 엄마의 아기들은 돌도 되기 전부터 어린이집에 다닌다 어쩌다 보러가면 안쓰러운 마음에 그저 품에 꼭 안고 고장난 레코드처럼 가만히 섬집아기를 불러줬다 그렇게 자란 세라가 코로나19가 삼 년째 계속된 탓에 재롱잔치도 없이 졸업을 한다네 가족은 한 사람만 오라고 하네 엄마와 함께한 졸업식날 사각모 눌러쓴 아이가 눈만 빼꼼히 내민 채 마스크 속의 조그만 입으로 행복한 졸업식이었다고 말했다네

한여름 오후 두 시의 나들이

베론 성지를 찾아 국도를 달린다 굽이굽이 도는 길 따라 몸
이 움직인다 마음이 흔들린다 옥수수도 멀미를 하는가 잘
자란 잎이 바람에 너울거린다 그 옛날 주님을 믿던 이들이
박해를 피해 숨어들었다는 곳 오랜만에 보는 푸른 하늘이
청량하다 냉기 가득한 차에서 내리니 머리 위로 쏟아지는
햇볕이 뜨겁다 달구어진 자갈길을 타박타박 걷는다 카페에
들러 커피 한 잔씩 올려놓고 하루키의 산문집 장수 고양이
의 비밀을 이야기하며 의견이 분분하다 각자 시 한편을 읽
고 나니 커피는 식어버리고

  잘 가꾸어진 잔디밭에 한여름의 햇살이 무심히 쏟아지고
있다 연녹색의 잔디에 떨어진 희미한 나무그림자 그 속에
작은집 지어 마음을 눕히고 싶다

우물이 바닥을 보이니

이스탄불 어느 외진 골목에
깊이를 알 수 없는 우물이 있었다
보스포루스 해협의 양쪽인 유럽과
아시아의 두 대륙에 걸쳐 있는데
오리엔트 특급열차의
종착역이기도 했다
오래 전 비잔티온 혹은 비잔티움
콘스탄티노플 이라고도 불리운
이름만큼이나 많은 이야기가
차곡차곡 우물 속에 쌓였다

이스탄불에서 태어난 오르한 파묵은
도시의 구석구석을 헤매고 다녔다
자라서 작가 된 파묵은
우물 속에 쌓인 이야기를 퍼올려
소설을 썼다
그렇게 작가가 되었다

파묵은 문학상을 받았고
이스탄불은 많은 사람들이
보고 싶어 하는
아름다운 도시가 되었다

4부

백로

별빛이 풀잎에 머물고 있다

울진과 삼척 사이

해질 무렵 7번 국도
바다가 지척에 있는 이곳에서
하룻밤을 지내리라
묵은 세월의 냄새
흐릿한 조명의 실내가
낯설기만 하다
작은 창을 열어
바람을 불러 본다
십이월의 저녁이 어둡다

안개 낀 밤바다에 희미한
열사흘의 달빛이
고깃배의 집어등에
파묻히는 밤
쉴 새 없이 밀려오는 파도
버릴 수 없는 모난 마음은
얼마나 오랜 시간 파도에 쓸려야
해변의 몽돌처럼 둥글어질까

이제 비로소

혈기 넘치던 젊은 날에
나를 향한 잘못된 비난은
아무 말 않고 잊어주는 것이
당연한 것인 듯
뒤돌아 보지도 않고 버렸는데
얼마의 시간이 지난 후
내게 돌아왔다
서걱거리는 갈대가 헐벗은
심장에 와 닿는다
인연을 정리하는 법이
그런 것이 아님을
이제야 깨닫고

삼생의 인연이 엉키지 않기를
바랄 뿐

인사도 없이

멋진 날개와 목소리를
갖기 위하여
암흑 속에서 인고의 시간을
굼벵이로 보내야 한다는 매미

세상에 머무는 짧은
시간의 울음소리를 그저
한 계절을 지나는
통과의례로만 여겼는데

돌풍 몰아치던 밤에
매미 한 마리 창가에 매달렸다
하룻밤 하루 낮을 머물던 매미
인사도 없이 떠나갔네

너와 내가 만난 것도 우연이었을 터
살아가며 내게 다가왔던
얼마나 많은 우연들이

이렇게 떠났을까?

인사도 없이

이제 시작이야

유치원에 다니는 아이가 울고 있다 달리기에서 일등을 하고
싶었는데 친구에게 졌단다 책상 밑에 누워 발을 구르며 울
고 있다 그럴 수도 있지 뭐 아빠가 달래주니 더 슬프게 운다
첫 좌절의 아픔을 통과하는 중이다

가을하늘

인도의 장인들은 푸른색의
안료를 얻기 위하여
인디고 풀을 가꾸고 거두어
오랜 시간 물에 우려
진한 녹색 물을 만든다네
성의를 치르듯이 흰옷을 입고
서로의 등을 맞대고 서서
녹색 물을 발로 찬다네
흥겨운 가락과 함께
칠천여 번의 발짓이 끝나면
인디고 풀물은 하얀 옷을
짙푸른 색으로 물들이며
새 생명을 얻는다네
장인의 발짓이 하늘에 가득하네

자벌레가 스승이다

태어나서 하는 일이라고는
몸을 구부렸다 폈다 하며
하늘 아래 모든 것을
재고 있는 자벌레

어렸을 적엔 그 자벌레를
무서워했다
자벌레가
머리부터 발끝까지
재고 나면 죽는다는
속설이 있었기 때문이다

세상은 어찌된 까닭인지
패거리들에게는
한없이 부드럽지만
남에게는 날카로운
잣대로 찔러댄다

자벌레는 그저 연두빛

부드러운 몸으로

모든 것을 재고 있을 뿐인데

인스타그램을 떠돌다

어느 여배우의 서재에서
페르난두 페소아를 보았다
시는 내가 홀로 있는 방식이라고
외친 포르투갈의 시인이다
스타의 책상 위에 시집이 있어서
안 된다는 말은 아니지만
살짝 시새움이 이는 것은
무슨 심사인가
더구나 그녀가
원어로 읽는다는 대목에서
아득해진 나

삶이 화려하거나
그렇지 않거나
인간은 고독한 것

시는 모두가
홀로 있는 방식

작은 꽃잎 하나라도 남았다면

종이 한 장을 접고 또 접고
마흔다섯 번을 접는다면
그 길이가 지구에서
달까지 이어진다고 한다
이것은 숫자의 물리학
거듭제곱의 비밀

바람 불어 꽃잎 떨어뜨리고
봄
저 멀리 달아날 때
내 안에 작은 꽃잎
하나라도 남았다면
그 꽃잎 접고 또 접어
마음속에 담아두면
먼 후일에 올
어느 봄날에 가 닿으리라

풍경이 있다

산속의 나무들
가지런히 흔들리고 있는 풀잎들
은사시나무는 바람결에
희끗희끗 제 속을 내보이고
애기똥풀꽃 떠난 자리엔
밤하늘에서 은하수가
내려왔나
초록빛 숲 위에 망초가 하얗다
엊그제 떠오른 초승달을 보고
달맞이꽃이 피었네
상수리나무 가지 끝에
산까치가 앉아 있다

나는
풍경 속으로 들어간다

잘린 것들

바투전지 당한 나무들이
모아이처럼 서 있다

단풍나무 껍질 속에서 눈 뜨려는 움직임이 아프다 봄이 지
나가는 땅위에 먼저 싹 튼 아기단풍들이 위를 쳐다보며 작
은 손 흔드니 그제야 엄마단풍나무가 마구 잎을 피워낸다
모과나무 잘린 둥치에서 순서 없이 피워 낸 여린 잎 사이로
분홍 꽃 피었다 여름이 익기 시작하자 모과 두 개가 보인다
산딸나무 힘을 다해 무성해졌지만 꽃은 피우지 못했다

세상에 잘린 것이 나무들뿐이랴

장호항의 아침

먼 바다에 태양이 떠오르면
붉은 물결을 뒤로하고
고깃배 두어 척 돌아온다
어판장엔 사람들이 모여들고
경매사의 외침에 따라
살아있는 것들의 값을
손가락으로 표시 한다
소란스러웠던 어판장은 조용해지고
수조차에 오른 물고기들은
포구를 빠져 나가고 일부는
길 건너 횟집의 커다란 어항에서
두 눈을 껌벅거리고 있다
갈매기들 말갛게 세수를 하고
여행자는 해변에 발자국을
남기며 멀어져 간다

처서

숲속에 가득하던 풀잎들의
웅성거림이 사라졌다

뜨거운 태양 아래서
서로의 몸 부대끼며
올 한해도 열심히 살았다
이제 자라는 것을
멈추어야 할 때
남아있는 날을
소중히 여겨
주어진 것을 지켜내야 한다

풀잎의 한해살이를 바라보며
지나온 생을 돌아본다

청량한 풀벌레 소리 가득하다

한낮의 바다

어디서 본적이 있는 듯한 울진 현내항을
내비게이션에 올려놓고
무작정 대관령을 넘어 동해로 갔지요
아직 늦가을의 정취가 남아있는
한낮의 동해바다는 평화롭더군요
늦은 점심으로 딱히 먹을 것이 없어서
갈매기 식당의 회덮밥을 시켰어요
물회가 유명하다고 맛집 검색에서 보았지만
날씨 서늘한 오늘은 아니잖아요
회덮밥보다 곁들이로 나온 새우전과
짭짤한 생선구이가 맛있어서
조금 망설이다 밥값을 현금으로 냈지요
(음식이 맘에 들지 않으면 카드로 보복함)
포구 안에 정박한 고기잡이배 위에서
어부 내외가 자장면 그릇 밀어놓고
느릿한 손길로 그물을 정리합니다
바위에 앉아 쉬고 있는 갈매기들
맑은 바닷물 속에 한가로이 춤추는

해초들 사이로 빛 한줄기 일렁입니다
아무런 인연 없이 지나가는 나
다시 어느 때에 저것들과 한 그림 속에
있을 수 있을까요?

바다부채길

지난해에 왔다 끝내지 못한 걷고 싶었던 길 정동진 바다부
채길 수많은 계단을 오르내려야 심곡항으로 나아갈 수 있
다 부채 모양으로 이루어진 해안 단구의 아름다움을 꼭 보
고 싶어 다시 왔다 계단 오르내리는 일이 어려운 남편과 버
킷리스트 하나 지우는 심정으로 바람과 파도와 벼랑에 핀
진달래를 보며 묵묵히 걸었다

태고의 시간이 머무는 곳에
파도에 닳아진 몽돌들의 이야기
바다는 나에게 머물라 하고
바람은 등 떠밀어 가라고 하네

해후

춘분날 이른 아침
동쪽에 뜨던 햇님과
서산에 지던 달님이 만났다
이게 얼마만이냐고
눈시울이 붉어진다

안으로 풍요한 정신

구중서(문학평론가)

그냥 살지요. 한경순 시인의 이번 시집에 실린 시 한 편의 제목이다.

"바람 불어 낙엽 휘날리고 / 마음 흔들리는 날 / 어찌 사나요" 이렇게 시작되는 시의 진의는 그냥 사는 것이 아니다. 한경순 시의 표현은 차분하고 평이하다. 그러나 시의 내용은 그냥 가만히 있는 것이 아니다. 조용히 흔들리며 계속 움직이고 있다. 울진에서 삼척까지 7번 국도 해안을 거닐면서 세월의 냄새를 호흡하고 있다.

무작정 떠난 여행길 남도의 압해도 갯벌

눈을 뜨고 창을 여니

하늘엔 새털구름 떠 있고

밤새 머물던 압해도의 물결이

돌아가니 갯벌이 드러난다

뾰록뾰록 꼼지락거리는 갯벌에

조그만 생명들 가득하다

-「무안의 아침」 부분

이 '가득한 생명들'이 시의 전체 덩어리이다. 시인의 발길은 멀리 국외로까지 나아간다. 이탈리아의 나폴리에 이르러 물 건너 카프리섬을 바라본다. 그곳에도 건너가 이국의 섬마을 뒤안길도 걸어 본다. 그리고 시인의 눈길은 지역의 이색적 풍경에 머무는 것이 아니다. 풍경이 아닌 정신의 세계에까지 나아간다. 이 정신은 현대 서구 물질문명의 번화한 광장에 다가가는 것이 아니다.

이 시집에는 제3세계 라틴아메리카 이야기가 나온다. 칠레의 민중시인 네루다와 그를 따르던 청년 우체부의 이야기가 나오고, 아르헨티나의 혁명가 체 게바라 이야기가 나온다.

해마다 이른 봄이면 농장 일을 지속적으로 도와줄 남자 한 사람을 데려온다. … 말수 적고 선량해 보이는 청년이었다.

아줌마들은 그 청년을 고시생이라 부르며 애틋해 했다네

그해 가을걷이가 끝날 때까지

매일 아침 스쿠터를 털털거리며 오던 사람

서리 하얗게 내린 날 곱은 손 호호 불며

삼생에 걸쳐 볼 수 있는 밤보다

더 많은 밤을 보았노라며 미소 지었네

그는 지금 어디서 무엇을 혁명하고 있을까

- 「농장에서 만난 체 게바라」 부분

이 청년은 사법고시를 공부하는 사람으로 다른 인부들과
도 잘 어울리며 농장 집 아들과 좋은 말벗이 되기도 했다.
그리고 털털거리는 스쿠터를 타고 다니며 미래의 꿈을 설계
하는 청년이었다.

이 정도 정황을 가지고 시인은 게바라를 떠올렸다. 특히
"그는 지금 어디서 '혁명'을 생각하고 있을까" 한다. 시는 규
격을 갖춘 구체성을 설명하지 않는다. 눈에 보이지 않지만
움직이고 있는 바람에 실어 창조의 세계를 떠올릴 수 있다.
게바라는 착하고 꿈 많은 혁명아였다. 그가 혁명에 성공하
지 못하고 죽었어도 그 창조의 꿈은 사람들에 의해 계속될

수 있다.

남미 아르헨티나에서 출생한 의학도 체 게바라는 친구 한 명과 중고 스쿠터 한 대를 타고 혁명을 위한 여행을 떠났다. 구미 식민주의 세력을 벗어나 남미 대륙 나라들의 인간적인 사회를 구현하려고 게바라는 게릴라 활동까지 전개하며 다니다가 실패하고 죽었다. 그러나 그의 순수하고 아름다웠던 이상주의는 1968년의 유럽 파리의 학생혁명 대열이 게바라의 얼굴 사진을 피켓으로 들고 다녔을 만큼 세계적인 선망으로 이어졌다.

이렇게 멀리까지 나아간 시는 외향적 확산만 지속하지는 않는다. 역사 속 진보의 개념도 어느 일방으로만 계속 달려 나아가는 것이 아니다. 발전의 제도와 운영도 인간이 관장하는 것이므로 가장 중요한 것은 인간적인 것이다. 인간은 또 압해도 갯벌에 가득한 생명들에 연결돼 있다. 생명은 갯벌에만 있는 것도 아니고 화분에도 있다.

지난겨울 호박죽 끓여 먹고

남겨 둔 호박씨 세 알을

화분에 심었다네

바이러스 소식은 여전한데

싹을 틔우더니 자라기 시작하네

물만 먹고도 햇볕을 찾아

사방으로 뻗어가는

덩굴손이 어여쁘네

- 「아이가 남기고 간 것」 부분

'물만 먹고도'란 말이 중요하다. 생명의 신비이다. '햇볕을 찾아'는 더 중요하다. 존재에는 자각이 있어야 하지만 어둠에서 빛을 향해 다가가는 지향과 움직임이 있어야 하기 때문이다. "나는 생각한다. 고로 나는 존재한다"는 데카르트의 인식론은 정체된 관념이다. 빛을 향해 다가가는 정신이라야 진리와의 만남이다. 가브리엘 마르셀의 실천철학이다. 식물이 물만 먹고도 산다지만 물보다 미세한 이슬도 거미의 아침 밥상에 오르기도 한다. 이슬 맺힌 거미줄에 벌이 걸렸을 때 거미는 벌의 고기를 먹으며 이슬방울들을 마실 것이다.

성경에 이르기를 솔로몬왕의

부귀영화가 한낱 이슬방울보다

헛되다고 하였는데

거미줄 위에 수많은 이슬이 맺혔다

솔로몬왕의 영화보다 찬란한

거미의 아침밥상이다

- 「거미의 식탁」 부분

물만으로도 또는 이슬까지도 생명을 키운다. 식물이 아닌
동물은 어떻게 먹고 사나. 동물들의 생활 현장을 사진으로
찍거나 그림으로 그린 속에서도 눈여겨 볼 수 있다.

먹히는 동물과

먹어야 하는 동물이

공존하는 아프리카 초원에

평화가 가득하다

동물들은 살아갈 수 있을 만큼만 먹는 게다

- 「그림 속에서」 부분

텔레비전 스크린을 통해서도 아프리카 초원 위 동물들의 생활을 자주 볼 수 있다. 그 동물들은 별일 없이 어슬렁거리는 것 같지만 힘센 맹수들이 약한 동물들을 잡아먹는 먹이 사슬의 관계 속에서 살아가는 것이다. 그런데 이들의 광경이 평화로워 보이기도 한다는 것은 생명계 창조 섭리의 그 어떤 역설적 묵시인지 생각해 보게 되기도 한다.

아프리카 들판에서 눈에 띄는 것은 동물들의 생태만이 아니다. 가뭄으로 식수가 끊겨 여인네들이 물통을 이고 몇십 리쯤 먼 길을 걸어 다닌다. 그런데 그것마저 흙탕물이고 병균이 득실대 어린이들이 마시고 죽기도 한다.

이들의 역경은 대체로 별수 없이 방치되고 있다. 이것은 같은 인류 안에서 핵무기 경쟁에 거액의 경제력을 낭비하는 이들에 대조된다. 이처럼 인류의 현대 사회에서도 약자들의 희생이 도덕적으로 문제가 된다. 이 문제 때문에 게바라의 이상주의가 시에서도 제기되는 것이다.

식물은 물만 먹고도 살 수 있고 동물은 살아갈 수 있을 만큼만 먹는다. 먹이를 사재기해 되도록 값을 올려 팔고 투기까지 하며 부자가 되어 갑질을 하지는 않는다.

창조주가 처음에 너희는 서로 사랑하라 했지 서로 차별하고 괴롭히라 하지 않았다. 하지만 인간이 엇나갈 자유마저 준 것 같다. 불의를 미리 막아 놓았다면 문제가 없을 법도 하다. 그러나 그렇게 하는 것은 원천적으로 짜 놓은 틀 속에

서만 살라는 셈이 되어 재미가 없다.

굳이 원한다면 불의마저 선택할 수 있는 완전한 자유를 주었다. 이것이 인간에 대한 최대한의 존중이다. 햇빛이 평등하게 대지를 비춘다. 그러나 화단 안에서는 그늘에 가리는 채송화도 있고 키다리 해바라기도 있다. 이렇게 이해해 볼 수도 있을까. 이것이 데레사 수녀의 신앙이기도 하다.

사랑이 소중하지만, 신비는 더 심오하다는 말도 있다. 그리고 자유에는 반드시 '책임'이 따른다. 합리적 이론보다 직관을 거치는 것이 예술이지만 거기에도 도덕성의 상징이 담겨 있다는 말이 있다.

오늘날 세계 인류가 이른바 코로나 바이러스에 뒤덮여 앓고 있다. 과학이 발달한 경제 대국일수록 이 대규모 전염병 앞에 더 취약하게 함몰되었다. 이 병의 바이러스는 박쥐로부터 왔다는 말이 있다. 박쥐는 어둠 속에서 살고 활동한다.

현대 인류문명의 한계가 어둠 속에 묻혀 있다는 느낌이 든다. 세계의 강대국들이 무한 발굴 무한 소비 무한경쟁에다 상호 배타적 이기주의로 평화를 위협하고 있다. 그야말로 솔로몬의 부귀영화가 거미줄의 이슬 식탁보다도 헛될 수 있다는 경고가 내려진 현실이다.

코로나 질병뿐 아니라 문명의 기계를 돌리는 가스로 인한 기후의 온난화로, 북극의 얼음이 녹고 바다의 수위가 올라와 지구가 점점 물에 잠겨가고 있다. 지금은 다만 황망한 시간을 인내하며, 인내에는 책임을 더는 노동을 담으며, 그래도 희망의 기원을 통해 평화로운 일상으로 돌아가야 할 것이다.

코로나 질병뿐 아니라 문명의 기계를 돌리는 가스로 인한 기후의 온난화로, 북극의 얼음이 녹고 바다의 수위가 올라와 지구가 점점 물에 잠겨가고 있다. 지금은 다만 황망한 시간을 인내하며, 인내에는 책임을 더는 노동을 담으며, 그래도 희망의 기원을 통해 평화로운 일상으로 돌아가야 할 것이다.

느닷없이 찾아온 불청객

모든 시간이 정지된 듯하다

처음엔 그저 불편하기만 하더니

빠르게 늘어나는 아픈 사람들

마음이 서늘하다

공연히 집만 이곳저곳

쓸고 닦고 버리고

몇 날을 보내고 나니

꽃소식이 한창이다

이 난리에도 피어나다니

뉴스를 들으며 허전한 손 둘 곳 찾다

아이가 남기고 간 분홍색

종이학에 눈길이 멈췄다

색종이 한 장으로 열여섯 마리의

학을 접을 수 있다

종이만 보면 접어서 크게

때로는 아주 작게 학을 접는다

시간을 접는다

코로나19가 끝나는 날

종이학을 날려 보내고

평범한 일상을 찾으리라

- 「시간을 접다」 전문

한경순 시는 대체로 범상치 않은 주제를 평이하게 표현해 나아가다가 마지막 한 행쯤에서 마치 견성(見性)과 같은 울림을 독자에게 전달한다. "평범한 일상을 찾으리라" 이 한 줄이 또한 시집 전체의 성가를 드러낸다. 고국의 남해 압해도 갯벌에서 출발해 담대하게 제3세계 네루다와 체 게바라에까지 갔다 돌아온 곳은 집 거실이다. 재앙으로 정지된 시간을 펼쳐가며 동심처럼 희망의 종이학을 접어 던지려 하고 있다.

세상에는 열혈의 이상과 혁명도 있지만 가장 큰 혁명은 '평화로운 일상'이다. '일상'은 현실로서 최후의 가치 척도이며, 분칠을 하지 않은 숫된 인간의 얼굴이다.

다시 뵙다

2022년 5월 15일 초판 1쇄 인쇄
2022년 5월 20일 초판 1쇄 발행

———

지 은 이 한경순
펴 낸 이 강송숙
디 자 인 디엔더블유
인   쇄 디엔더블유
펴 낸 곳 오비올프레스

———

ISBN 979-11-89479-09-1

———

출판등록 2016년 9월 29일 제 419-2016-000023호
주   소 (26478) 강원도 원주시 무실새골길 52
전자우편 oballpress@gmail.com